少游词

Ⓢ. the Blue Poetry Ⅱ

秦观——著

陈可抒——评注

北京联合出版公司
Beijing United Publishing Co.,Ltd.

序言

陈可抒

秦观，宋扬州高邮人，字少游，又字太虚，号淮海居士。他有两个弟弟：秦觌字少章，秦觏字少仪。觌与觏都有“见”的意思，以此推之，秦观的“观”字也应当取第一声，读如“关”，也是“见”的意思。

少年时，秦观喜爱唐代诗人杜牧的强志盛气，佩服他对治乱兴亡的用心，所以以他为榜样，期望能平扫辽与西夏，建功立业，便学着杜牧“独鹤初冲太虚日”的志气，取字“太虚”。中年以后，秦观的心气渐受消磨，不免有归隐之志，便追慕东汉时看破功名的马少游，将字改为“少游”。《颜氏家训》有云：“名以正体，字以表德。”秦观改字，正是他人生不同阶段的最好注解，他在诗词中的种种呈现，也正与此相合。

秦观词，颇有“观太虚”这般豪爽的一面，如“星分牛斗，疆连淮海，扬州万井提封”（《望海潮》），写得“豪俊气如虹”，很有几分英雄气。虽然秦观词中的这种豪雄气概难以与他的老师苏轼相比肩，却也有其独特的俊朗风格，如“开尊待月，掩箔披风”（《长相思》），又如“长江滚滚，东流去，激浪飞珠溅雪”（《念奴娇·小孤山》），展示出他极为英气的样子。秦观虽然一生颇为坎坷，却总能展现出种种豪情快意，就连他的离世也很有传奇的色彩。据《冷斋诗话》，秦观晚年在藤州光华亭，醒酒后起身，拿玉盂汲泉水，欲饮未饮之时，在笑声中悠然坐化，正应和了他在几年前所写“醉卧古藤阴下，了不知南北”的词句，坐忘无觉，有万古如一之浑然。我想，这股豪爽之英气毕竟是贯穿于他生命始终的。

当然，他终究无法逃脱命运的摧折，加之心思细腻，秦观留下更多的还是“观少游”这般婉约绮媚、游戏人间的作品，更是因此被世人推崇为婉约派一代词宗。婉约词肇始于晚唐五代，第一部文人词选集《花间集》，整体水准却算不得很高，直至李煜、晏殊、欧阳修、秦观等一代名家的开拓，婉约词才有了质的飞跃，呈现出蔚然的气象，而秦观词又以其独特的风格卓然独立。

秦观词用语浅明，却富有神韵。大体而言，北宋词大多自然平易，不如南宋词那么精于雕琢，然而，秦观却总能以浅近的词语写出特别的精致，这种炼字的高明是罕逢敌手的。如“山抹微云，天粘衰草”，仅用“抹”“粘”两个字眼，便写得卓然不群；

再如“柔情似水，佳期如梦”“自在飞花轻似梦，无边丝雨细如愁”，近乎口语，毫无雕琢，如羚羊挂角，不着痕迹。

秦观词用意幽深，亦不失俊朗。北宋诗僧惠洪说：“少游钟情，故其诗酸楚。”现实的坎坷和钟情的本心赋予了他写作的基调，潇洒的性格又赋予其作品奇异的风骨。如“两情若是久长时，又岂在朝朝暮暮”，超越了前人的哀叹，呈现出不同的倔强；再如“别后悠悠君莫问，无限事，不言中”“微波澄不动，冷浸一天星”，虽然写得很悲情，却也蕴含着超脱的气度。

秦观词善化成句，又翻出新意。诗词发展到宋代已达极致，很多名家都善于化用前人的诗词，便是所谓黄庭坚“点铁成金”“夺胎换骨”的主张，秦观更是此中高手。如“持酒劝云云且住，凭君碍断春归路”，正是岑参“愁云遮却望乡处”之意，却多了与云对谈的意趣，写得很灵动；再如“正销凝，黄鹂又啼数声”，来自杜牧“正消魂，梧桐又移翠阴”，将梧桐之静换作黄鹂之动，便多了几分清妙。

秦观词笔法细腻，也深于共情。以他人、他物之口吻进行摹写，本是写诗的基本手段，到了北宋，文人填词，交由歌者演唱，亦成为一时之风气，所以，北宋词中多有代拟之作。不过，秦观词中却更有一番深幽的共情之心，最典型的是这首《虞美人》：

高城望断尘如雾，不见联骖处。
夕阳村外小湾头，只有柳花无数送归舟。
琼枝玉树频相见，只恨离人远。
欲将幽恨寄青楼，争奈无情江水不西流。

这首词多被解读为怀念旧友之作，不过，若是照此理解，主人公因为朋友离去，便“欲将幽恨寄青楼”，总是不太像话的。其实，这首词并非秦观为自己而写，而是以一位青楼女子的口吻，怀念着两人“联骖”出游的快乐往事，再回忆起“小湾头”送行时的伤感，却又摆脱不了现实的无奈，这才有青楼之叹，而且，“琼枝玉树频相见”正是她日常生活中迎来送往的写照，这完全是由她的职业造成的，“欲将幽恨寄青楼”的心思也就不难理解了。

秦观这首词写得很深婉，种种微妙的心态也写得很细致。使人惊奇的是，落笔的是诗人，笔下却完全变成了青楼女子，一般心思，毫无二致，若是没有很深的共情之心，恐怕是很难写出来的。很多代拟的作品，如曹植“君怀良不开，贱妾当何依”，同样是借妇人之口抒自己之怀而已，还有许多艳情诗，如温庭筠“玲珑骰子安红豆，入骨相思知不知”，不过是一种猎奇的方式，变换视角以写出新意，都没有书写诗人真正的感受。还有很多共情的作品，如欧阳修“泪眼问花花不语，乱红飞过秋千去”，或者柳永“深院无人，黄昏乍拆秋千，空锁满庭花雨”，虽然以女子为主角，看似是体贴的代言，却只是描摹了一种较为泛泛的离愁别绪，似乎任何身份的女子都可以套用，并不能像秦观词这般有如此之深的代入感。

北宋时，词的地位并不很高，往往还是“诗馀”一般的存在。难能可贵的是，秦观对词下了很多功夫，积极探索，自觉地进行了很多尝试，再加上他才思富赡，下笔灵奇，便留下许多脍炙人口的作品，几乎每篇都很耐读，很有新鲜感。

本书对秦观的每一首词都进行了赅简的评点，力求明快，毕竟，诗评很难超越诗词本身之妙。希望这些评点对阅读有所帮助，也恳请广大读者不吝指正！

目录

卷上 春之部

卷中·夏之部

卷下·秋之部

补遗·冬之部

少游词

卷上◎春之部

长记误随车。正絮翻蝶舞，芳思交加。
柳下桃蹊，乱分春色到人家。

P.002~P.043

西府海棠·金丝雀

◎望海潮◎

星分牛斗，疆连淮海，扬州万井提封。
花发路香，莺啼人起，珠帘十里东风。
豪俊气如虹。曳照春金紫，飞盖相从。
巷入垂杨，画桥南北翠烟中。

追思故国繁雄：有迷楼挂斗，月观横空。
纹锦制帆，明珠溅雨，宁论爵马鱼龙。
往事逐孤鸿。但乱云流水，萦带离宫。
最好挥毫万字，一饮拚千钟。

评点——◎上阕由远观落笔，渐渐推进，直至眼前；下阕由往事落笔，陈列珍玩，直至眼前。一空间，一时间，尽合于此。◎「花发路香，莺啼人起」，写得两情相悦，颇似卢照邻「草碍人行缓，花繁鸟度迟」之句，爽快明净则胜之一筹。◎「照春金紫」，语出杜甫「淮海维扬一俊人，金章紫绶照青春」。前有「气如虹」，后有「飞盖相从」，此处用一「曳」字，写出俊逸驰骋之态。◎「巷入垂杨」，如骚人之思驰入垂杨，「画桥南北翠烟中」，如感怀之情恍惚交融。正是思绪缥缈时，承上阕之感发，启下阕之怀古，甚妙。◎「一饮拚千钟」，语出欧阳修「文章太守，挥毫万字，一饮千钟」。本作怀古感今，气象宏大，至此处多一「拚」字，亦自然。

金樱子·草鸮

◎又◎

秦峰苍翠，耶溪潇洒，千岩万壑争流。鸳瓦雉城，谯门画戟，蓬莱燕阁三休。天际识归舟。泛五湖烟月，西子同游。茂草台荒，苎萝村冷起闲愁。

何人览古凝眸？怅朱颜易失，翠被难留。梅市旧书，兰亭古墨，依稀风韵生秋。狂客鉴湖头。有百年台沼，终日夷犹。最好金龟换酒，相与醉沧州。

评点——◎先有远观之苍茫，再由天际归舟写入闲愁，再写今人之惆怅，再写古人之夷犹，层次井然。◎由远眺天际，而归舟，而西子，而闲愁，便一路切入主题，自然流畅。『天际识归舟』，本谢朓名句，用于此处甚妙，其中『识』字极恰当。◎柳永有『越溪潇洒』，秦少游有『耶溪潇洒』，柳永有『天际识归舟』，秦少游亦有，难怪东坡称其『柳词句法』，必有暗学之处。◎上阕颇有情致，下阕稍嫌俗淡。

◎ 又 ◎

梅英疏淡，冰澌溶泄，东风暗换年华。
金谷俊游，铜驼巷陌，新晴细履平沙。
长记误随车。正絮翻蝶舞，芳思交加。
柳下桃蹊，乱分春色到人家。

西园夜饮鸣笳。有华灯碍月，飞盖妨花。
兰苑未空，行人渐老，重来是事堪嗟。
烟暝酒旗斜。但倚楼极目，时见栖鸦。
无奈归心，暗随流水到天涯。

评点——◎『东风暗换年华』，用一『换』字，仿佛珍宝被人调包，便有惊愕无奈之感，若是『催』『改』，则不及。然而，不如杜牧『明月谁为主，江山暗换人』明快。◎既有『东风暗换年华』，却依然乘兴细细而行，『新晴细履平沙』，享受每处，可谓宋人特有之悠闲情致。◎『柳下桃蹊，乱分春色到人家』，春色随桃蹊至不同人家，各成春意，颇有情致，与老杜『渚蒲随地有，村径逐门成』同妙。◎上阕俊游，极言景色之美；下阕夜饮，忽生迟暮之愁。两处对比，更生感慨。

雾社樱 · 蓝背山雀

◎又◎

奴如飞絮，郎如流水，相沾便肯相随。
微月户庭，残灯帘幕，匆匆共惜佳期。
才话暂分携。早抱人娇咽，双泪红垂。
画舸难停，翠帏轻别两依依。

别来怎表相思？有分香帕子，合数松儿。
红粉脆痕，青笺嫩约，丁宁莫遣人知。
成病也因谁？更自言秋杪，亲去无疑。
但恐生时注著，合有分于飞。

评点——◎飞絮流水一句，化自老杜『颠狂柳絮随风去，轻薄桃花逐水流』。然而『相沾便肯相随』六字，自有别样精神，非痴情者不能道出。◎『红粉脆痕，青笺嫩约』，妙笔生花，写得两情细腻如锦。倘若柳屯田落笔，必是『脆管』『嫩脸』，声色犬马一类。秦少游远胜之。◎『相沾便肯相随』，相见时之明誓，热切而感慨。『但恐生时注著，合有分于飞』，分别后之明誓，哀愁而笃定。◎上阕写短聚分别，乱中有情；下阕写别后相思，情中有乱。各有味道。

春兰·锦鸲

桃花·野鸲

◎沁园春◎

宿霭迷空，腻云笼日，昼景渐长。
正兰皋泥润，谁家燕喜，蜜脾香少，触处蜂忙。
尽日无人帘幕挂，更风递游丝时过墙。
微雨后，有桃愁杏怨，红泪淋浪。

风流寸心易感，但依依伫立，回尽柔肠。
念小奁瑶鉴，重匀绛蜡，玉笼金斗，时熨沉香。
柳下相将游冶处，便回首青楼成异乡。
相忆事，纵蛮笺万叠，难写微茫。

评点——◎「宿霭迷空，腻云笼日」，开篇便混混沌沌，颇有拨云开雾之愿。◎「尽日无人帘幕挂，风递游丝时过墙」，已是极好诗句，再加一「更」字，多出递进之意，更妙。◎「纵蛮笺万叠，难写微茫。」并非往事难写，只因心事微茫。

瑞香·苇鹀

◎水龙吟◎

上阕	下阕
小楼连远横空，下窥绣毂雕鞍骤。	玉佩丁东别后，怅佳期、参差难又。
朱帘半卷，单衣初试，清明时候。	名缰利锁，天还知道，和天也瘦。
破暖轻风，弄晴微雨，欲无还有。	花下重门，柳边深巷，不堪回首。
卖花声过尽、斜阳院落，红成阵，飞鸳甃。	念多情但有，当时皓月，向人依旧。

注——《高斋诗话》：少游在蔡州，与营妓娄婉字东玉者甚密，赠之词云：『小楼连苑横空』又云『玉佩丁东别后』者是也。（小楼连苑，暗藏『娄婉』；玉佩丁东，暗藏『东玉』。）

评点——◎『破暖轻风，弄晴微雨，欲无还有。』恰如情浓一点，不由得不使人心痒难耐。典型少游笔法。◎『天还知道，和天也瘦』常为人称许，引为奇语。然此句化自李贺『天若有情天亦老』，用语稍嫌生涩，近乎俚俗，不如史达祖『明月知人瘦』、李易安『人比黄花瘦』。◎上阕略作铺垫，下阕苦诉衷情，本词为送人之作，不免用语甚急，似匆匆而成。◎用语亦有未简之处，如『小楼连远横空，下窥绣毂雕鞍骤』，苏东坡评：『十三个字，只说得一个人骑马楼前过。』诚为确论。

◎八六子◎

倚危亭，恨如芳草，萋萋刬尽还生。

念柳外青骢别后，水边红袂分时，怆然暗惊。

无端天与娉婷。夜月一帘幽梦，春风十里柔情。

怎奈向、欢娱渐随流水，素弦声断，翠绡香减；

那堪片片飞花弄晚，濛濛残雨笼晴。

正销凝，黄鹂又啼数声。

评点 —

◎“恨如芳草，萋萋刬尽还生”原化自李煜“离恨却如春草，更行更远还生”。“刬尽”之语，更见其苦。

◎柳外青骢，水边红袂，本是常事，少游一写，便极有画面。

◎“一帘幽梦”，本来源自此作。亦如“十里柔情”等语，情致旖旎，非秦少游不能作得。

◎“正销凝，黄鹂又啼数声。”波澜欲平，却又被黄鹂勾起许多心事。此句原化自杜牧《八六子》：“正消魂，梧桐又移翠阴。”清妙更胜原作。

◎本作全写心思起伏，浪潮相生，愁绪难平，以念、无端、怎奈、那堪等词，层层铺垫，至销凝，至黄鹂又啼，缓收乍起，余味不尽。又暗扣开篇“刬尽还生”，极妙。

紫藤 · 绿背山雀

红梅·棕腹仙鹟

◎风流子◎

东风吹碧草，年华换，行客老沧州。

见梅吐旧英，柳摇新绿；恼人春色，还上枝头。

寸心乱，北随云黯黯，东逐水悠悠。

斜日半山，暝烟两岸；数声横笛，一叶扁舟。

青门同携手，前欢记，浑似梦里扬州。

谁念断肠南陌，回首西楼。

算天长地久，有时有尽；奈何绵绵、此恨难休。

拟待倩人说与，生怕人愁。

评点——◎『寸心乱，北随云黯黯，东逐水悠悠。』无力北上，只得逐水向东，故此心乱。杜甫诗『萧关迷北上，沧海欲东巡』与此相类。◎『谁念断肠南陌，回首西楼。』此处南陌、西楼，正与北随、东逐对应。沈际飞评价此诗：『甚乱，东西南北，悉为愁场。』（《草堂诗余正集》）其实不然，所愁只为北上，其余只是无奈。◎化用白乐天『天长地久有时尽，此恨绵绵无绝期』之句，并无妙处，反而略显轻浮。◎『生怕人愁』，奇语。此愁不仅难消，反传于人，可知愁心之重。

野蔷薇·绿竹·花雀

◎梦扬州◎

晚云收。正柳塘、烟雨初休。
燕子未归，恻恻轻寒如秋。
小栏外、东风软，透绣帏、花蜜香稠。
江南远，人何处？鹧鸪啼破春愁。

长记曾陪燕游。酬妙舞清歌，丽锦缠头。
殢酒为花，十载因谁淹留？
醉鞭拂面归来晚，望翠楼、帘卷金钩。
佳会阻，离情正乱，频梦扬州。

注——《梦扬州》为秦观自制曲，取词中结句为名。

评点——◎时值春日，却有萧瑟落寞之感，故曰「轻寒如秋」，倍有凄清伤怀之情。「恻恻」二字，形容感心之寒，韩偓有「恻恻轻寒剪剪风」之句。◎烟雨初休，犹此间心事方平；花蜜香稠，犹它处繁华惹人。「晚云收」对「东风软」「燕子未归」对「江南远」「轻寒如秋」对「春愁」，处处以景相对，见得梦思之深。◎「醉鞭拂面」甚妙。一般而言，醉后多有清风拂面，应以垂鞭不语才是，如白居易诗「柳条春拂面，衫袖醉垂鞭」。少游不仅有「醉鞭」，且胡乱向面上拂来，可见神志迷离，醉态之深。此时再望见「帘卷金钩」，犹如神仙洞府，只觉心中光明。◎离情正心乱，所去之处却非扬州，只教人乱上添乱。结语有说不尽之愁绪。◎佳会相阻，难解心结，恍惚间春秋颠倒；遥忆扬州，醉态略同，却再无翠楼金钩。

萱花·白头鹎

◎雨中花◎

指点虚无征路，醉乘班虬，远访西极。正天风吹落，满空寒白。玉女明星迎笑，何苦自淹尘域？正火轮飞上，雾卷烟开，洞观金碧。

重重观阁，横枕鳌峰，水面倒衔苍石。随处有奇香幽火，杳然难测。好是蟠桃熟后，阿环偷报消息。任青天碧海，一枝难遇，占取春色。

注——《冷斋夜话》：少游元丰初梦中作长短句曰：『指点虚无征路……』既觉，使侍儿歌之，盖《雨中花》也。

评点——◎『指点虚无征路』化自杜甫『蓬莱织女回云车，指点虚无是征路』。◎『正』本词中常见之庸字，本作『正天风吹落』『正火轮飞上』，隔句两见，语义重复，颇不寻常。疑传抄之讹。◎『青天碧海，一枝难遇』，只因此枝仍在尘凡处。结语巧妙，引人沉思。◎偶入仙境闲逛，忽受玉女明星点拨，奇景突现，豁然开朗，遂有诀别尘域之心；沉迷奇景之中，又有阿环偷报消息，蓦然警醒，无枝可采，复又遥忆尘缘之想。上阕割舍，下阕依恋，心思绕去又绕回，满眼仙境美景，终是红尘难舍，写尽凡人游仙之情，回环巧妙。

◎ 一丛花 ◎

年时今夜见师师，双颊酒红滋。
疏帘半卷微灯外，露华上、烟袅凉飔。
簪髻乱抛，偎人不起，弹泪唱新词。
佳期谁料久参差？愁绪暗萦丝。
想应妙舞清歌罢，又还对、秋色嗟咨。
惟有画楼，当时明月，两处照相思。

评点 —

◎上阕回忆相见之悲欢。初见时心中只有欢情，“双颊酒红滋”；告别之际才惊觉时光如此匆匆，又不舍，又无奈，又怕时光浪费，“弹泪唱新词”，所有矛盾心事尽在此五字之中。由相见，至缱绻，至告别，逐一回想，周密细致。

◎下阕感叹离别之思念，正所谓“我思君处君思我”。“当时明月，两处照相思”，化自晏小山“当时明月在，曾照彩云归”。虽然华丽稍减，然而诚挚有余，与上句“又还对、秋色嗟咨”呼应，写得情真意切。

梨花 · 红尾鸲

连翘·长尾山雀

◎鼓笛慢◎

乱花丛里曾携手，穷艳景，迷欢赏。
到如今谁把，雕鞍锁定，阻游人来往？
好梦随春远，从前事、不堪思想。
念香闺正杳，佳欢未偶，难留恋，空惆怅。

永夜婵娟未满，叹玉楼、几时重上？
那堪万里，却寻归路，指阳关孤唱。
苦恨东流水，桃源路、欲回双桨。
仗何人、细与丁宁问呵，我如今怎向？

评点——◎「乱花丛里曾携手」，七字便写尽离思之情，其余语句则不免啰唆。此句化自韩缜「恁时携素手，乱花飞絮里，缓步香茵」。◎本作颇有柳永词风，缺了少游味道。

玉兰·灰文鸟

◎促拍满路花◎

露颗添花色，月彩投窗隙。
春思如中酒，恨无力。
洞房咫尺，曾寄青鸾翼。
云散无踪迹。罗帐薰残，梦回无处寻觅。

轻红腻白，步步熏兰泽。
约腕金环重，宜装饰。
未知安否？一向无消息。
不似寻常忆。忆后教人，片时存济不得。

评点——◎『露颗添花色，月彩投窗隙。』词句尚佳，却近于诗笔。不如顾敻『月皎露华窗影细』，更有词中滋味。
◎恹恹昏昏，似病非病；人影寂寂，欲恨难恨。『春思如中酒』，此说极妙。

长寿花·绣鹀

◎长相思◎

铁瓮城高，蒜山渡阔，干云十二层楼。
开尊待月，掩箔披风，依然灯火扬州。
绮陌南头，记歌名宛转，乡号温柔。
曲槛俯清流，想花阴、谁系兰舟？

念凄绝秦弦，感深荆赋，相望几许凝愁。
勤勤裁尺素，奈双鱼、难渡瓜洲。
晓鉴堪羞，潘鬓点、吴霜渐稠。
幸于飞、鸳鸯未老，不应同是悲秋。

评点——◎『开尊待月，掩箔披风』，俨然神仙英姿，『依然灯火扬州』，有俯视众生之潇洒。◎高城即少游之化身，扬州即往事之凝聚，『曲槛俯清流』即相思之苦。曲槛有情，清流有意，奈何只可远望，感深凝愁而已。◎出语高爽，转调清密，结语宛转，乃词家楷模。

◎ 满庭芳 ◎

山抹微云，天粘衰草，画角声断谯门。
暂停征棹，聊共引离尊。
多少蓬莱旧事，空回首、烟霭纷纷。
斜阳外，寒鸦万点，流水绕孤村。

销魂，当此际，香囊暗解，罗带轻分。
漫赢得青楼，薄幸名存。
此去何时见也？襟袖上、空惹啼痕。
伤情处，高城望断，灯火已黄昏。

注——《高斋诗话》：少游自会稽入都见东坡，东坡曰：『不意别后，公却学柳七（柳永）作词。』少游曰：『某虽无学，亦不如是。』东坡曰：『销魂当此际，非柳七语乎？』

评点——◎『山抹微云，天粘衰草』，放怀处亦有缱绻，空灵中生出情致，『抹』『粘』二字如此用法为少游首创，神来之笔。前人诗句，如皮日休『似将翠黛色，抹破太湖秋』，韩翃『塞草连天暮，边风动地秋』等，终是逊了一筹。◎『寒鸦万点，流水绕孤村』，化自隋炀帝『寒鸦飞数点，流水绕孤村』。用于此处甚合。◎『销魂』一句，东坡评为柳永语。『香囊』『罗带』格局不大，用语亦俗，确如其言。◎『漫赢得青楼，薄幸名存』，化自杜牧『十年一觉扬州梦，赢得青楼薄幸名』。用于此处稍嫌不谐。◎『流水绕孤村』是旅途中之寂寞离思，『灯火已黄昏』是回忆中之孤单伤情，一画外人，一画中人，各有味道。

李花 · 绿鹦鹉

◎又◎

红蓼花繁，黄芦叶乱，夜深玉露初零。
霁天空阔，云淡楚江清。
独棹孤篷小艇，悠悠过、烟渚沙汀。
金钩细，丝纶慢卷，牵动一潭星。

时时，横短笛，清风皓月，相与忘形。
任人笑生涯，泛梗飘萍。
饮罢不妨醉卧，尘劳事、有耳谁听？
江风静，日高未起，枕上酒微醒。

评点——◎「红蓼花繁，黄芦叶乱」，自成小景，还有「霁天空阔，云淡楚江清」之辽阔，然而不止于此，又有「牵动一潭星」之妙美。一步一景，渐入佳境。◎「清风皓月，相与忘形」，便「任人笑」，便「饮罢醉卧」，便「日高未起」，亦步步潇洒，渐入悠然境界。◎先有「相与忘形」之悠然，才有「牵动一潭星」之潇洒。上阕写景，下阕写情，笔墨两分，却彼此呼应，情景交融，浑然一体。

茶梅 · 鹩哥

◎ 又 ◎

碧水惊秋，黄云凝暮，败叶零乱空阶。
洞房人静，斜月照徘徊。
又是重阳近也，几处处、砧杵声催。
西窗下，风摇翠竹，疑是故人来。

伤怀，增怅望，新欢易失，往事难猜。
问篱边黄菊，知为谁开？
漫道愁须殢酒，酒未醒、愁已先回。
凭阑久，金波渐转，白露点苍苔。

评点——◎『碧水惊秋，黄云凝暮』，八字则警觉之意全出。少游寓情于景，不落窠臼，自是一绝。◎『西窗下，风摇翠竹，疑是故人来』，化用自《会真记》『隔墙花影动，疑是玉人来』。◎『新欢易失，往事难猜。』此八字即本作之魂。◎『凭阑久』，则思变，『金波渐转』，似有其变，『白露点苍苔』，则萧索苍凉依旧。结语曲折悠长，意犹未尽。

白梅 · 黄鹂

◎江城子◎

西城杨柳弄春柔，动离忧，泪难收。
犹记多情曾为系归舟。
碧野朱桥当日事，人不见，水空流。
韶华不为少年留，恨悠悠，几时休？
飞絮落花时候一登楼。
便做春江都是泪，流不尽，许多愁。

评点——

◎杨柳最懂人情，恰在春柔时节，万物萌发，折此好枝，令别离更多一层悲愁。“弄春柔”与“动离忧”相衬，写得真切。

◎“系归舟”，犹如系归心，自以为可以系住，所以枉称“多情”，而此时“犹记”此事，亦无用处，徒增伤感。此句由“泪难收”而补叙，接得极好。

◎“碧野朱桥”，正是当日之爽朗轻快，极有精神。怅望则“碧水惊秋”，寂寞则“碧云暮合”，少游赋景，极有章法。

◎上阕正“杨柳春柔”，下阕已“飞絮落花”，春日其实未尽，却因韶华空许而度日如年，兼之未来难测，便更多一分感慨，虽是少年心事，却诉说不尽，愁胜春江。

◎上阕为离别哀思，愁绪初尝，悲悲切切；下阕为盼念无望，愁绪已深，苦恨悠悠。先有“水空流”之涓涓，再有“流不尽”之汹涌。

李花 · 绿鸠

大麦·蚕豆花·云雀

◎又◎

南来飞燕北归鸿，偶相逢，惨愁容。
绿鬓朱颜重见两衰翁。
别后悠悠君莫问，无限事，不言中。
小槽春酒滴珠红，莫匆匆，满金钟。
饮散落花流水各西东。
后会不知何处是？烟浪远，暮云重。

评点 —

◎好友多年未见，偶一重逢，必有无数故事。“绿鬓朱颜重见两衰翁”，点得好，只此一句便包含无数感慨。“别后悠悠君莫问”，写得聪明，不言胜于言。只首句“惨愁容”三字未免草率，露骨无味。

◎“小槽春酒滴珠红”，化自李贺“小槽酒滴真珠红”。玲珑雅致，使人珍惜，恰如短聚，愈知其难得，愈不舍一饮而尽、一别两散。

◎“饮散落花流水各西东”，写得矫健。柳永亦有“落花流水忽西东”之句。

回青橙·短尾莺

◎又◎

枣花金钏约柔荑，昔曾携，事难期。
咫尺玉颜和泪锁春闺。
恰似小园桃与李，虽同处，不同枝。
玉笙初度颤鸾篦，落花飞，为谁吹？
月冷风高此恨只天知。
任是行人无定处，重相见，是何时？

评点 —

◎“恰似小园桃与李，虽同处，不同枝。”仅此一句，便写出无数悲欢。

◎上阕近男子视角，下阕近女子视角，合为此作。

◎满园花◎

一向沉吟久，泪珠盈襟袖。
我当初不合苦撋就，惯纵得软顽，见底心先有。
行待痴心守，甚捻著脉子，倒把人来僝僽。
近日来非常罗皂丑，佛也须眉皱。
怎掩得众人口？待收了孛罗，罢了从来斗。
从今后，休道共我，梦见也、不能得勾。

评点 —

◎纯以俚俗之语写词，形式新颖，奈何词句并无十分高明之处。
◎除首句以外，纯是怨妇口吻，用语泼辣。“待收了孛罗，罢了从来斗”，已近于元曲。
◎“一向沉吟久，泪珠盈襟袖。”足见得隐忍许久，委屈太多。倾诉至此，无数怨念便如猛虎出笼，一发不可收拾。全作虽有探索之意，却层次分明，极有章法。

樱花 · 林鸲

少游词

卷中◎夏之部

柔情似水，佳期如梦，忍顾鹊桥归路。
两情若是久长时，又岂在朝朝暮暮？

P.046~P.105

◎ 迎春乐 ◎

菖蒲叶叶知多少，惟有个、蜂儿妙。
雨晴红粉齐开了，露一点、娇黄小。
早是被、晓风力暴，更春共、斜阳俱老。
怎得香香深处，作个蜂儿抱？

评点 —

◎处处菖蒲细叶，千篇一律，唯有蜂儿内外翻飞，颇有灵动之妙，可叹早被晓风侵凌，只落得斜阳共老。触景生情，借蜂儿自夸自叹。

◎语甚谐趣。看似香艳，其中自有正意，借此闺情之语，实为“咏蜂”之题，不知何等遭遇，使少游佯作其狂，故意发此谑浪之语?

◎“香香深处”，床帏独有之密语。必是少游于此得一知己，故有此言。

石榴花·锦带鸟

菖蒲花·鸻

◎鹊桥仙◎

纤云弄巧，飞星传恨，银汉迢迢暗度。
金风玉露一相逢，便胜却人间无数。
柔情似水，佳期如梦，忍顾鹊桥归路。
两情若是久长时，又岂在朝朝暮暮？

评点——

◎七夕之作甚多，李义山有“由来碧落银河畔，可要金风玉露时”，杜樊川有“云阶月地一相过，未抵经年别恨多”。秦少游别出心裁，反其道而化用，“金风玉露一相逢，便胜却人间无数”，夺目如流星闪耀，果敢如飞蛾扑火，概非尘俗之语。“两情若是久长时，又岂在朝朝暮暮?”复又有此一问，理直气壮，毫无迟疑，更显其潇洒不羁。只此四句单独成篇，亦是绝妙好诗。

◎伤情容易，不伤情难。亦以七夕为巧，亦以别离为恨，亦知银汉迢迢，亦知归路难顾，若能有朝朝暮暮之厮守，谁愿选金风玉露之相逢？只是在此一刻，便知两情笃定，无人可移；心有此情，便胜所有，这才是此情之美。

◎“柔情似水”，在今日已为成语，其实非少游不能作得。高手落笔，不着痕迹。

◎ 菩萨蛮 ◎

虫声泣露惊秋枕，罗帏泪湿鸳鸯锦。
独卧玉肌凉，残更与恨长。
阴风翻翠幔，雨涩灯花暗。
毕竟不成眠，鸦啼金井寒。

评点 —

◎室内之景，极少有阴风，此时"阴风翻翠幔"，则心事荒凉可知。"涩"字极妙，雨涩实是心涩，灯花暗而不灭，细雨绵延不绝，长夜漫漫，正不知何去何从。
◎"毕竟不成眠"，道出苦夜之守。此时只听鸦啼而非鸡啼，金井寒凉而无曙光，夜渊深不见底。

◎减字木兰花◎

天涯旧恨，独自凄凉人不问。
欲见回肠，断尽金炉小篆香。
黛蛾长敛，任是东风吹不展。
困倚危楼，过尽飞鸿字字愁。

评点 —

◎由天涯之恨写至此处之凄凉，再由此处之危楼写至飞鸿之愁，由远及近，由近及远，回环往复，此怨难破，只是愁恨无计。

◎木兰花◎

秋容老尽芙蓉院，草上霜花匀似剪。

西楼促坐酒杯深，风压绣帘香不卷。

玉纤慵整银筝雁，红袖时笼金鸭暖。

岁华一任委西风，独有春红留醉脸。

评点 —

◎一院芙蓉尽凋残，则秋日老尽自不待言；草上霜花匀密，暗嵌无可逃脱之意。“酒杯深”，自是无聊渐深，“香不卷”，暗示无人会意。总之，一副萧索寂寞之态。
◎弦柱如雁行，故称为“银筝雁”，暖炉似宝鸭，故称为“金鸭暖”。闺阁寂寞甚多，唯有如此消遣。
◎雍陶将春曾有两比：一比醉时红脸，二比舞时腰。此时舞腰全无兴致，只好借酒醉留一点春红在此。

芍药·相思雀

溲疏·赤胸鹟

◎画堂春◎

落红铺径水平池，弄晴小雨霏霏。
杏园憔悴杜鹃啼，无奈春归。
柳外画楼独上，凭阑手捻花枝。
放花无语对斜晖，此恨谁知？

评点 —

◎杏园憔悴，科举落第，本应和春一道荣归故里，此心却如杜鹃啼血，无奈春归。本待弄晴，偏有小雨，竟将春意写得如此烦闷。
◎手捻花枝，愁闷无计，又放手残瓣，造出斜晖中小小花雨，仿佛大好时光离我而去。写得细腻，烦苦之意尽在其中。

◎千秋岁◎

水边沙外，城郭春寒退。
花影乱，莺声碎。
飘零疏酒盏，离别宽衣带。
人不见，碧云暮合空相对。

忆昔西池会，鹓鹭同飞盖。
携手处，今谁在？
日边清梦断，镜里朱颜改。
春去也，飞红万点愁如海。

评点——◎春寒渐退，正是相见好时节，「花影乱，莺声碎」，惹人心动，偏偏「人不见」，愈是春暖，愈觉惋惜。此时既有碧云暮合，何时能有玉人来访？化自江淹「日暮碧云合，佳人殊未来」。◎因水边游春而触景生情，又回忆往事。「飞红万点愁如海」，并非愁深似海，而是愁苦繁密如花海，星星点点，俯仰皆是，欲罢不能。词意新奇。◎西池即金明池，鹓鹭即朝官，飞盖即车舆，日边即帝王侧。本作政治失意甚明，偏用感情失意写出，一代词风如此。

杜鹃花 · 小杜鹃

栀子花·万年青·鹀

◎踏莎行◎

雾失楼台，月迷津渡，桃源望断无寻处。
可堪孤馆闭春寒，杜鹃声里斜阳暮。
驿寄梅花，鱼传尺素，砌成此恨无重数。
郴江幸自绕郴山，为谁流下潇湘去？

评点——

◎楼台本是高眺之所，却被浓雾遮掩，津渡本是行远之处，却于月下迷失。“雾失楼台，月迷津渡”，正是少游此时心境。“失”“迷”二字，颇似无形之网，写得新奇。

◎“月迷津渡”是述说此时之景，“杜鹃声里斜阳暮”是自序平日状况，并无冲突。

◎有好事者认定“斜阳暮”语义重复，欲改为“斜阳树”，大可不必。斜阳为景，暮为情，合则语义丰满。

◎梅花、尺素，本是好友美意，只可惜身不由己，无法团聚，愈多盛情，愈成其恨。

◎秦少游贬谪郴州，已是无妄之灾，谁知又遭横州之贬。吾人甘作心似灰，却如何老于郴州亦成奢望？“郴江幸自绕郴山，为谁流下潇湘去？”触景生情，无限哀鸣，依依不舍，更见其悲。“幸自”之语，更显其大不幸。

◎作本词时，少游年近五十，处境困苦，有诗叹曰：“休言七十古稀有，最苦如今难半百。”几年后仙逝于藤州。“郴江”两句正是少游颠沛流离之写照，暮年悲苦之心声。苏东坡绝爱此词，特将“郴江”两句自书于扇，云：“少游已矣，虽万人何赎。”一年后，东坡亦故去，想其心境与少游大抵相同。

凌霄花·啄木鸟

◎蝶恋花◎

晓日窥轩双燕语，似与佳人，共惜春将暮。屈指艳阳都几许，可无时霎闲风雨。

流水落花无问处，只有飞云，冉冉来还去。持酒劝云云且住，凭君碍断春归路。

评点——

◎燕成双，好似才子佳人；人孤单，不免形影相吊。相比之下，更觉落寞。加之艳阳少有，残春无多，便只有苦闷之感。

◎“持酒劝云云且住，凭君碍断春归路。”愁闷醉语，无人可诉，只好与云对谈。此二句即岑参“愁云遮却望乡处”之意，意趣远胜之。

◎ 一落索 ◎

杨花终日空飞舞，奈久长难驻。
海潮虽是暂时来，却有个堪凭处。
紫府碧云为路，好相将归去。
肯如薄幸五更风，不解与花为主。

评点 —

◎上阕怨叹男子不久长、不守时，下阕先憧憬紫府碧云之未来，再怨叹男子薄幸、不解风情。怨语絮絮不休，其中却夹有“相将归去”之誓愿，见得其怨而无恨，怨中亦有甜蜜。“紫府碧云”一句插于此处，节奏极妙，恰如点睛。

◎黄山谷词：“怨你又恋你，恨你惜你。”本作即为此意，风韵情致远胜之。

◎杨花、海潮、五更风，全是女子口吻，满行满句，尽是“冤家”二字。少游揣度女子，由内而外，惟妙惟肖。

◎丑奴儿◎

夜来酒醒清无梦，愁倚阑干。露滴轻寒，雨打芙蓉泪不干。

佳人别后音尘悄，瘦尽难拚。明月无端，已过红楼十二间。

评点 —

◎夜半酒醒，失意难眠，起身观景，思念佳人，明月西流。仅写此一小段情景，层次分明，清晰如画，则平日之煎熬亦可猜知。

◎我已消瘦耗尽全部，哪里还有力气可拚？哪里还有办法可想？“瘦尽难拚”四字，读来使人心惊。

◎“明月无端，已过红楼十二间。”思念无眠之夜就此结束，仍是毫无头绪，恐怕又要陷入以酒浇愁、酒醒失眠之循环。故此，红楼明月虽美，却只会使人悲哀。

◎南乡子◎

妙手写徽真，水剪双眸点绛唇。
疑是昔年窥宋玉，东邻，只露墙头一半身。
往事已酸辛，谁记当年翠黛颦？
尽道有些堪恨处，无情，任是无情也动人。

评点 —

◎上阕写崔徽之相貌，下阕写崔徽之经历。

◎将崔徽半身像比作“只露墙头一半身”，又用宋玉之典故，妙笔。

◎“有些堪恨处”，恨此画像中并无崔徽之情，已是褒义，“任是无情也动人”，则更进一步。化用自罗隐“若教解语应倾国，任是无情也动人”。句中之“无情”二字真如蜻蜓点水，妙不可言。

雁来黄 · 灰鹡

紫薇·蓝尾鸲

◎醉桃源◎

碧天如水月如眉，城头银漏迟。

绿波风动画船移，娇羞初见时。

银烛暗，翠帘垂，芳心两自知。

楚台魂断晓云飞，幽欢难再期。

评点——

◎碧天弯月为空中景，寓期待；绿波画船为地面景，寓相会；银烛翠帘为屋内景，寓交欢；楚台晓云为屋外景，寓离别。四句分叙四景，由空中至地面，由屋内至屋外，情景交融，井然有序。

◎等待时不免嫌银漏迟慢，眼前景亦幻化为意中人，“碧天如水月如眉”，写得既清丽，又熨帖。

◎相见如夜月之垂照，离别如晓云之分飞，前后呼应。

◎河传二首◎

乱花飞絮。
又望空斗合，离人愁苦。
那更夜来，一霎薄情风雨。
暗掩将、春色去。

篱枯壁尽因谁做？
若说相思，佛也眉儿聚。
莫怪为伊，底死萦肠惹肚？
为没教、人恨处。

评点——◎白日则花絮斗合，晚间则风雨薄情，反正是无可逃避，上阕写无可抒怀之苦。既相见不成，又无法放下，总之是进退无解，下阕写情局难破之困。景亦愁苦，人亦忧困，读来使人孤闷。◎『篱枯壁尽』，即灯枯油尽、山穷水尽之意，更具写实风格，如在眼前。篱壁如此，则主人必是羸瘦非常。奇语。◎篱枯壁尽，只剩有佛龛一座，词意甚明：『佛也眉儿聚』真似小儿女之口吻。

建兰 · 篱雀

桐花·白头翁

◎又◎

恨眉醉眼。
甚轻轻觑著，神魂迷乱。
常记那回，小曲阑干西畔。
鬓云松，罗袜刬。

丁香笑吐娇无限。
语软声低，道我何曾惯。
云雨未谐，早被东风吹散。
闷损人，天不管。

评点——◎『恨眉醉眼』，眉间虽恨，恨只恨不能重聚，眼神仍醉，莫过于往事销魂。只此四字，心事全出。◎『道我何曾惯』五字，不写云雨，胜似云雨，曲笔写意，使人遐想无限。艳则极艳，妙则极妙。◎说是『云雨未谐』，其实是云雨未足。恋人心思，观者会意一笑。

小蓟·灰鹡鸰

◎浣溪沙◎

漠漠轻寒上小楼，晓阴无赖似穷秋，
淡烟流水画屏幽。
自在飞花轻似梦，无边丝雨细如愁，
宝帘闲挂小银钩。

评点——

◎意绪清淡，微有闲愁，本作笔触微妙，疏而不断，为清愁之最。

◎先叙轻寒、小楼，再叙画屏，再叙窗外，再叙窗帘，景致繁多，无一处停留，却又无一处中意，闲愁莫过于此。

◎少游惯以秋意写春寒，如“晓阴无赖似穷秋”“恻恻轻寒如秋”。

◎最轻无过于梦，轻而难摘，最细无过于愁，细而难见。“自在飞花轻似梦，无边丝雨细如愁。”似乎可知，似乎不可知，灵动而有余味，至微至妙，神来之笔，可遇而不可求。

◎“宝帘闲挂小银钩。”帘挂银钩，则诸般风景可见，偏偏此时内外都是春愁，挂亦可，不挂亦可，故曰“闲挂”。帘是宝帘，钩是银钩，人却是闲人，写尽百无聊赖之感。

◎又◎

香奩凝羞一笑开，柳腰如醉暖相挨，
日长春困下楼台。
照水有情聊整鬓，倚阑无绪更兜鞋，
眼边牵系懒归来。

评点 —

◎“香奩凝羞一笑开，柳腰如醉暖相挨。”便知是少女两人，一人唤另一人并肩下楼，且有调笑之语。寥寥数语，画面交代得极清楚，笔力浑厚。

◎“照水有情聊整鬓，倚阑无绪更兜鞋。”照水整鬓、倚阑兜鞋，是近观，有情、无绪，是内观。体态心神面面俱到，极细致，写得妙。

◎“眼边牵系懒归来。”借整鬓、兜鞋之事，以眼角余光偷觑意中人，少女心事，写得传神。后李清照有句“倚门回首，却把青梅嗅”，与此相类。

◎又◎

霜缟同心翠黛连，红绡四角缀金钱，
恼人香爇是龙涎。
枕上忽收疑是梦，灯前重看不成眠，
又还一段恶因缘。

评点——

◎上阕写布置精巧，下阕写两情和谐，由外而内，样样称心，总之惹人艳羡。偏又有“恼人”“恶因缘”之反语，故作嗔怪，实是夸耀。

◎“枕上忽收疑是梦，灯前重看不成眠。”前有激情如梦，后有细细品味，便成完美之夜。少游必是深有体会。

◎又◎

脚上鞋儿四寸罗，唇边朱粉一樱多，

见人无语但回波。

料得有心怜宋玉，只应无奈楚襄何，

今生有分共伊么？

评点 —

◎席间戏谑之作。

◎“料得有心怜宋玉，只应无奈楚襄何。”化用自李商隐“料得也应怜宋玉，一生惟事楚襄王”。此处宋玉为少游，楚襄为主人，调笑歌姬之语。

◎又◎

锦帐重重卷暮霞，屏风曲曲斗红牙，
恨人何事苦离家。
枕上梦魂飞不去，觉来红日又西斜，
满庭芳草衬残花。

评点——

◎锦帐、屏风、枕上，竟然一刻不离闺阁，宫体诗亦不过如此。
◎李白诗“新妆坐落日，怅望金屏空”，愿以新妆相待；少游词“枕上梦魂飞不去，觉来红日又西斜”，整日慵懒之态。场景相似，意趣殊远，气质如此不同。
◎李白诗“天长路远魂飞苦”，少游词“枕上梦魂飞不去”，既无天长，亦无路远，只是枕上而已，“飞不去”三字，尤其柔弱。一代词风如此。

◎如梦令◎

门外鸦啼杨柳，春色著人如酒。
睡起熨沉香，玉腕不胜金斗。
消瘦，消瘦，还是褪花时候。

评点 —

◎何以鸦啼？只因莺啼迷醉，鸠鸣闲深，唯有鸦啼警策，才能啼破迷梦。然而，此佳人依然醉于春色，可见慵懒之深。
◎勉强起身，以沉香熨衣，表面上“玉腕不胜金斗”，其实是春心不胜春景。比拟得妙。
◎李义山“轻寒衣省夜，金斗熨沉香”，写得清丽；少游一化用，便添上许多闺房特有之情致。
◎花瘦，故此只得放任自己消瘦。“还是褪花时候”，颇有深味：一半是感叹春色，一半是纵容自己。一句小小借口，又得春愁半日。

绣球花 · 山雀

樱桃·白头翁

◎又◎

遥夜沉沉如水，风紧驿亭深闭。
梦破鼠窥灯，霜送晓寒侵被。
无寐，无寐，门外马嘶人起。

评点——

◎独宿驿亭，无法入眠，犹如堕入茫茫黑夜之海，风声阵阵，驿亭紧闭，正似小小身躯抵抗命运。开篇一联，情景交融，点出境遇所在。
◎梦破，即心事破，故此难再入睡；鼠窥灯，即暗处寻光，颇有同病相怜之感，更使人无法入眠。“梦破鼠窥灯”，心事尽在此中，此情此景甚妙。
◎门外马嘶人起，不得不准备上路，而之前尚有半夜憔悴，以两个“无寐”道出，似叹息，似牢骚，极是感慨。

◎又◎

幽梦匆匆破后，妆粉乱痕沾袖。

遥想酒醒来，无奈玉销花瘦。

回首，回首，绕岸夕阳疏柳。

评点 —

◎看似一人之幽梦，实是两人之佳期。情侣相会，遇急事而匆匆中断，无奈返程，故有此语。秦少游多有“佳期如梦”之言。

◎被迫返程，酒却昏昏未醒，只因玉销花瘦，此是一重无奈。玉身为何销减？此花何以纤弱？尽是方才幽梦之余味，一想至此，又是一重不甘。

◎归途之中，回首，再回首，只见“绕岸夕阳疏柳”，愈是觉得美丽，便愈是觉得遗憾。“回首，回首”，巧用二字叠句写出反复咏叹之意。此结尾真有无穷味道。

小叶黄槿 · 丹氏鹎

◎又◎

楼外残阳红满，春入柳条将半。
桃李不禁风，回首落英无限。
肠断，肠断，人共楚天俱远。

评点 —

◎残阳红满，则夜之将至；柳条青半，则春之将逝。景色入眼，时节入心，写得好。
◎“春入柳条将半”化自孟浩然“柳色半春天”。
◎心中有“桃李不禁风”之念头，便回首一望，果是“落英无限”。画面感极强。

◎又◎

池上春归何处？满目落花飞絮。
孤馆悄无人，梦断月堤归路。
无绪，无绪，帘外五更风雨。

评点 —

◎花已凋落，春已销残。一重无望。
◎孤馆寂寞，梦亦难成。两重无望。
◎拂晓将至，风雨不休，仍无头绪。三重无望。

佛手·莺

◎阮郎归◎

褪花新绿渐团枝，扑人风絮飞。
秋千未拆水平堤，落红成地衣。
游蝶困，乳莺啼，怨春春怎知？
日长早被酒禁持，那堪更别离！

评点 —

◎花褪则残春渐尽，新绿则初夏方来，旧情正在将尽未尽之时，新日尚在欲定难定之际，辞旧亦未舍，迎新亦不甘，一切未安，故此心绪难平，不知何以自处。心思如此微妙。
◎秋千未拆，则心中仍有挽留之情，水波平澜不惊，则诸事已定，难成波浪，落红满地，似乎全局已定。
◎上阕看似意绪平稳，其实字字都是“怨春”，欲掩难休。怨春而春不知，怨人而人不知，欲休难掩，下阕终于心事喷薄。
◎上阕心思游移不定，下阕情绪突然爆发。连连发问，连连怨叹，恰如银瓶乍破，铁骑突出。上下阕一静一动，阴阳合奏，是本篇特色。

葡萄·赤腰燕

◎又◎

宫腰袅袅翠鬟松，夜堂深处逢。
无端银烛殒秋风，灵犀得暗通。
身有恨，恨无穷，星河沉晓空。
陇头流水各西东，佳期如梦中。

评点——

◎“宫腰袅袅翠鬟松”，人未见，而翠鬟先松，急切之情可知。“松”字妙。

◎相逢于夜堂、深处，犹嫌不足，偏偏银烛灭于此时，大可暗通，真是天助我也，天欲成此美事！不言烛“灭”，而言烛“殒”，似乎银烛通人性，有拼死成全之功，俏皮之至。

◎亦未必是真“无端”，亦未必是殒于秋风。如此一说而已。

◎“身有恨，恨无穷”，主旨只一个“恨”字，恨得连绵，极妙之句。另有版本为“身有限，恨无穷”，虽然有限、无穷，对得工整，却俗不可耐。

◎身有恨，此有不如无；恨无穷，此无不如有。写得纠结缠绵。

◎佳期如梦，一语双关：此一番佳期如梦般幻美，下一番佳期亦如梦般杳渺。

◎又◎

潇湘门外水平铺，月寒征棹孤。

红妆饮罢少踟蹰，有人偷向隅。

挥玉箸，洒真珠，梨花春雨馀。

人人尽道断肠初，那堪肠已无！

评点 —

◎玉箸、真珠，都是离别之泪，挥、洒之间，尽见其滂沱，方能衬出下句，显得春雨中之梨花愈加娇妍可爱，便使人愈加难舍难离。若是“垂”玉箸、“落”真珠，则无味。

◎一离别，即断肠，便是所谓“断肠初”，世间情人尽皆如此，并不稀罕，远不如此中情人，尚未分别，却已经无肠可断。

青梅·山麻雀

◎又◎

湘天风雨破寒初，深沉庭院虚。
丽谯吹罢小单于，迢迢清夜徂。
乡梦断，旅魂孤，峥嵘岁又除。
衡阳犹有雁传书，郴阳和雁无。

评点 —

◎向有东风破寒、晓日破寒、金樽破寒、暖律破寒，少游风雨破寒一说，用笔神奇。风雨本是冷物，以此破寒，可见湘地积寒之深。

◎岁除之夜，孤困逆旅，仅听谯楼吹一曲小单于，寒酸至极，少游却称之“丽谯”“清夜”，见其稳健乐观。

◎晏小山有句“梦魂纵有也成虚，那堪和梦无”，凄迷悱恻。少游“衡阳犹有雁传书，郴阳和雁无”，亦有感慨，却刚健许多。

◎少游遭贬至郴州，一路由衡阳至郴阳，地虽僻远，心态却渐渐平复，虽有感喟之语，却不失明快。

水芋 · 灯心草 · 茨菇 · 秧鸡

◎满庭芳◎

北苑研膏，方圭圆璧，名动万里京关。
碎身粉骨，功合上凌烟。
尊俎风流战胜，降春睡、开拓愁边。
纤纤捧，香泉溅乳，金缕鹧鸪斑。

相如方病酒，一觞一咏，宾有群贤。
便扶起灯前，醉玉颓山。
搜搅胸中万卷，还倾动，三峡词源。
归来晚，文君未寝，相对小妆残。

评点—— ◎上阕咏茶，下阕咏茶会，写得分明，只是似乎相关不紧，颇可各成一篇。◎咏茶全以拟人之语道出，如『粉身碎骨，功合上凌烟』等句，自是一种风味。◎相如病酒，乃有茶会，以此切入，以下尽写茶可代酒。茶可醒酒，亦可代酒倾动文采，而茶之美究竟何在？似乎仅是配角之属。◎『文君未寝，相对小妆残。』言茶之好处，若酒醉则不可得。

牡丹·竹林鸟

莞·菱·萍逢草·白鹡鸰

◎又◎

晓色云开，春随人意，骤雨才过还晴。古台芳榭，飞燕蹴红英。舞困榆钱自落，秋千外、绿水桥平。东风里，朱门映柳，低按小秦筝。

多情，行乐处，珠钿翠盖，玉辔红缨。渐酒空金榼，花困蓬瀛。豆蔻梢头旧恨，十年梦、屈指堪惊。凭阑久，疏烟淡日，寂寞下芜城。

评点——◎前二句写长空之景，次二句写此地之景，又二句写眼前之感，后二句写半生之感。景致由远及近，情致由近及远，极有法度。◎「晓色云开，春随人意」，由惬意起始；「疏烟淡日，寂寞下芜城」，至落寞终了。寥寥数句之间，心绪完全掉转，笔力惊人。◎「舞困榆钱自落」，写得新奇，亦有「浮生看物变」之感；「秋千外」，视野宕开，豁然开朗；「绿水桥平」，春水涨新波，清新喜人。三重景致，依次递进，错落有味。

伯劳·绣眼

◎又◎

雅燕飞觞，清谈挥麈，使君高会群贤。
密云双凤，初破缕金团。
窗外炉烟似动，开瓶试、一品香泉。
轻淘起，香生玉尘，雪溅紫瓯圆。

娇鬟，宜美盼，双擎翠袖，稳步红莲。
坐中客翻愁，酒醒歌阑。
点上纱笼画烛，花骢弄、月影当轩。
频相顾，馀欢未尽，欲去且流连。

评点——◎李贺诗『星依云渚冷，露滴盘中圆』，高逸清冷；少游词『香生玉尘，雪溅紫瓯圆』，细密可爱。各有味道。少游往往胜在微妙细处。◎『频相顾，馀欢未尽，欲去且流连』，层层相递，贪恋之情绵延不绝，三字四字五字，恰成宝塔诗格。

◎桃源忆故人◎

玉楼深锁薄情种，清夜悠悠谁共？

羞见枕衾鸳凤，闷即和衣拥。

无端画角严城动，惊破一番新梦。

窗外月华霜重，听彻梅花弄。

评点 —

◎本作写“薄情种”深锁玉楼，女子计无可施，反复思念。

◎上阕写入睡前，下阕写梦醒后，两个片段，合成一夜。入睡前心思活跃，故上阕写得躁动不安；梦醒后怅然若失，故下阕写得沉默不言。

◎“羞见枕衾鸳凤，闷即和衣拥。”一羞、一闷，写尽女子独眠心事，写得传神。

◎“窗外月华霜重，听彻梅花弄。”一重、一彻，暗示女子心事难平，尽在不言中。

荞麦花 · 鹌鹑

少游词

卷下◎秋之部

若耶溪边天气秋，采莲女儿溪岸头。
笑隔荷花共人语，烟波渺渺荡轻舟。

P.108~P.149

胡枝花·金翅雀

◎调笑令·王昭君◎

诗曰：

汉宫选女适单于，明妃敛袂登毡车。

玉容寂寞花无主，顾影低回泣路隅。

行行渐入阴山路，目送征鸿入云去。

独抱琵琶恨更深，汉宫不见空回顾。

词曰：

回顾，汉宫路，捍拨檀槽鸾对舞。

玉容寂寞花无主，顾影偷弹玉箸。

未央宫殿知何处？目送征鸿南去。

评点——◎诗写昭君出塞，词续写之，却多用诗中之句，共成两重咏叹。虽然诗、词颇多意象相近，但是各有味道。◎『玉容寂寞』是其形，『花无主』是其神，合为明妃伤心之所在。◎诗中『泣路隅』，写人之无助，词中却道『偷弹玉箸』，写泣之美，正是宋词特有之旖旎。◎『未央宫殿知何处？』既是自叹自怜，又是对征鸿殷切之问，心思曲折：『目送征鸿南去』，明知无望，仍寄希望，使人感慨无尽。

芒花 · 太平鸟

◎调笑令·乐昌公主◎

诗曰：

金陵往昔帝王州，乐昌主第最风流。

一朝隋兵到江上，共抱恓恓去国愁。

越公万骑鸣箫鼓，剑拥玉人天上去。

空携破镜望红尘，千古江枫笼辇路。

词曰：

辇路，江枫古，楼上吹箫人在否？

菱花半壁香尘污，往日繁华何处？

旧欢新爱谁是主，啼笑两难分付。

评点——◎诗写乐昌公主为越公所获，词写吹箫人徐德言寻妻而归。以诗之明快写战乱，以词之迤逦写心事，各叙一半，正相宜。◎「剑拥玉人天上去」，玉人入天仙班列本是美事，却以剑拥，显得其中有难言之隐。◎「啼笑两难分付」，出自乐昌公主原诗「笑啼俱不敢，方验作人难」。此处写为「分付」，于旧欢新爱分而付之，有不舍越公之意。

◎调笑令·崔徽◎

诗曰：

蒲中有女号崔徽，轻似南山翡翠儿。

使君当日最宠爱，坐中对客常拥持。

一见裴郎心似醉，夜解罗衣与门吏。

西门寺里乐未央，乐府至今歌翡翠。

词曰：

翡翠，好容止，谁使庸奴轻点缀。

裴郎一见心如醉，笑里偷传深意。

罗衣中夜与门吏，暗结城西幽会。

评点——◎诗、词同旨。诗以崔徽视角，写『一见裴郎心似醉』，词以裴郎视角，写『裴郎一见心如醉』，分叙两角，别有趣味。◎词中裴郎『笑里偷传深意』，自是花费一番心思，诗中崔徽却直接『夜解罗衣』，不免流于草率。全诗亦写得疏落。

紫茉莉 · 戴菊鸟

◎调笑令·无双◎

诗曰：

尚书有女名无双，蛾眉如画学新妆。
姊家仙客最明俊，舅母惟只呼王郎。
尚书往日先曾许，数载暌违今复遇。
闻说襄江二十年，当时未必轻相慕。

词曰：

相慕，无双女，当日尚书先曾许。
王郎明俊神仙侣，肠断别离情苦。
数年暌恨今复遇，笑指襄江归去。

评点——◎诗、词同旨。诗近王郎口吻，词近无双口吻。◎「闻说襄江二十年」，指襄江归去之前，种种艰辛困苦约二十年。若知如此，还愿舍身倾慕否？造化弄人之感叹。◎「笑指襄江归去」，一笑能解二十年之愁否？此句写轻了。

鸡儿肠 · 鸭跖草 · 田鹀

芙蓉·珠顶红

◎调笑令·灼灼◎

诗曰：

锦城春暖花欲飞，灼灼当庭舞柘枝。
相君上客河东秀，自言那复傍人知。
妾愿身为梁上燕，朝朝暮暮长相见。
云收月堕海沉沉，泪满红绡寄肠断。

词曰：

肠断，绣帘卷，妾愿身为梁上燕。
朝朝暮暮长相见，莫遣恩迁情变。
红绡粉泪知何限？万古空传遗怨。

评点——◎『妾愿』一句化自冯延巳『三愿如同梁上燕，岁岁长相见』。原诗写愿相见如燕，而此处灼灼却是祈盼自己化身为燕，纯是无望之诉。◎『云收月堕海沉沉』，明写苍凉一片，暗写彻夜不眠，又喻希望渺茫。妙笔。

◎调笑令·盼盼◎

诗曰：

百尺楼高燕子飞，楼上美人颦翠眉。
将军一去音容远，只有年年旧燕归。
春风昨夜来深院，春色依然人不见。
只馀明月照孤眠，唯望旧恩空恋恋。

词曰：

恋恋，楼中燕，燕子楼空春色晚。
将军一去音容远，空锁楼中深怨。
春风重到人不见，十二阑干倚遍。

评点——◎「只馀明月照孤眠」，已成结尾佳句，「唯望旧恩空恋恋」，蛇足之语。◎「十二阑干倚遍」，化自张先「十二阑干同倚遍」，写其四面无望，有冯延巳「楼上春山寒四面」之妙。

黄蜀葵·茑萝·歌鸲

◎调笑令·莺莺◎

诗曰：

崔家有女名莺莺，未识春光先有情。

河桥兵乱依萧寺，红愁绿惨见张生。

张生一见春情重，明月拂墙花树动。

夜半红娘拥抱来，脉脉惊魂若春梦。

词曰：

春梦，神仙洞，冉冉拂墙花树动。

西厢待月知谁共？更觉玉人情重。

红娘深夜行云送，困軃钗横金凤。

评点——◎诗、词同旨。诗为叙事口吻，词为张生口吻。◎宋人喜用『红愁绿惨』等语，柳永亦有词：『自春来、惨绿愁红。』◎『春梦』尚不具体，『神仙洞』三字可知春意融融。◎『更觉玉人情重』，回味无限，道出张生心事。

秋海棠 · 田鸥

草藤・胭脂雀

◎调笑令·采莲◎

诗曰：

若耶溪边天气秋，采莲女儿溪岸头。
笑隔荷花共人语，烟波渺渺荡轻舟。
数声水调红娇晚，棹转舟回笑人远。
肠断谁家游冶郎，尽日踟蹰临柳岸。

词曰：

柳岸，水清浅，笑折荷花呼女伴。
盈盈日照新妆面，水调空传幽怨。
扁舟日暮笑声远，对此令人肠断。

评点——◎诗、词同旨。诗中采莲女爽朗活泼，词中采莲女则暗藏幽怨。◎诗、词均采自李白《采莲曲》：「若耶溪边采莲女，笑隔荷花共人语。日照新妆水底明，风飘香袖空中举。岸上谁家游冶郎，三三五五映垂杨。紫骝嘶入落花去，见此踟蹰空断肠。」◎「笑隔荷花共人语」，显得大方泼辣，「笑折荷花呼女伴」，则内向许多。「红娇晚」与「新妆面」，「笑人远」与「笑声远」，情景相类，仅几字之差，亦是如此区别。

石榴·倒挂

◎调笑令·烟中怨◎

诗曰：

鉴湖楼阁与云齐，楼上女儿名阿溪。
十五能为绮丽句，平生未解出幽闺。
谢郎巧思诗裁剪，能使佳人动幽怨。
琼枝璧月结芳期，斗帐双双成眷恋。

词曰：

眷恋，西湖岸，湖面楼台侵云汉。
阿溪本是飞琼伴，风月朱扉斜掩。
谢郎巧思诗裁剪，能动芳怀幽怨。

评点——◎诗、词同旨。诗则叙事如流水，词则不甚完整，仅为片段之语。

◎调笑令·离魂记◎

诗曰：

深闺女儿娇复痴，春愁春恨那复知？

舅兄唯有相拘意，暗想花心临别时。

离舟欲解春江暮，冉冉香魂逐君去。

重来两身复一身，梦觉春风话心素。

词曰：

心素，与谁语？始信别离情最苦。

兰舟欲解春江暮，精爽随君归去。

异时携手重来处，梦觉春风庭户。

评点—◎诗写故事梗概，语意较平，波澜不惊；词写女子心语，次第相进，迢递有情。◎因情苦而离魂，因离魂而归来，此词虽短，层次分明。惜其用语粗疏。◎『春愁春恨那复知』是作诗语，不可作词；『始信别离情最苦』是作词语，亦可作诗。

锦荔枝 · 长尾红雀

◎虞美人◎

高城望断尘如雾，不见联骖处。
夕阳村外小湾头，只有柳花无数送归舟。
琼枝玉树频相见，只恨离人远。
欲将幽恨寄青楼，争奈无情江水不西流。

评点 —

◎本作为青楼女子之口吻，视角奇特，尤其“琼枝玉树频相见”为其独有之日常，而“联骖”之渴盼，“送归舟”之回忆，便如飞絮相随流水，亦与人物相合。

◎有人将此作解为男子之思念，大谬。不仅“琼枝玉树”“送归舟”解不通，更有“欲将幽恨寄青楼”等语，简直无可入耳。

◎上阕言高城之思。先望大道，尘雾依然，不见当年联骖之乐；次望村湾，归舟仍在，不见当年送别之人。二景并写，一无所寄，道出心中愁苦。

◎有尘雾，意即有联骖，却非我之联骖；有归舟，意即有送别，却非我之送别。世间种种情致仍在，为何我不再是主角？妙笔。

◎下阕言苦闷无可排解。“琼枝玉树”，谓青楼之人物风流仍然难比离人；“江水不西流”，谓离人之心一去不回。总之无法可想。

白英 · 黄喉鹀

◎又◎

碧桃天上栽和露，不是凡花数。
乱山深处水萦回，可惜一枝如画为谁开？
轻寒细雨情何限，不道春难管。
为君沉醉又何妨？只怕酒醒时候断人肠。

注 —

《古今词话》：
秦少游寓京师，有贵官延饮，出宠姬碧桃侑觞，劝酒惓惓，少游领其意，复举觞劝碧桃。
贵官云："碧桃素不善饮。"意不欲少游强之。
碧桃曰："今日为学士拚了一醉。"引巨觞长饮。
少游即席赠虞美人词曰："碧桃天上栽和露……"
贵官云："今后永不令此姬出来。"满座大笑。

评点 —

◎"碧桃天上栽和露"，化自高蟾"天上碧桃和露种，日边红杏倚云栽"。由"碧桃"之名而起，自然贴切。
◎"乱山深处水萦回"，喻筵席之繁闹，如此方衬得"一枝如画"。
◎"轻寒细雨"，喻碧桃佐酒之情，有主人在，故言"轻""细"。"春难管"，戏谑其主。
◎即席之笔，逢场作诗，引得众人一笑，而下笔贴切自然，一气呵成，圆融无痕迹。

向日葵·青菜鸟

◎又◎

行行信马横塘畔，烟水秋平岸。
绿荷多少夕阳中，知为阿谁凝恨背西风？
红妆艇子来何处？荡桨偷相顾。
鸳鸯惊起不无愁，柳外一双飞去却回头。

评点 —

◎信马横塘畔，随意想念某人，本作所写，纯是闲愁。
◎既是闲愁，若平铺直叙，则寡淡无味，此时偏有“艇子”驶来，且有“偷顾”之举，插笔有趣，写得细致生动。
◎绿荷句化用自“多少绿荷相倚恨，一时回首背西风”。鸳鸯句化用自“惊起鸳鸯岂无恨，一双飞去却回头”。均是杜牧诗。

棉花 · 篱雀

◎点绛唇◎

醉漾轻舟，信流引到花深处。
尘缘相误，无计花间住。
烟水茫茫，千里斜阳暮。
山无数，乱红如雨，不记来时路。

评点 —

◎“醉漾轻舟”，无意间竟入仙境；“尘缘相误”，埋下伏笔，似有懊悔之意，又似乎归意坚决。前两句即写得跌宕起伏。

◎“烟水茫茫”，暗示此心茫然。“山无数，乱红如雨，不记来时路。”既有山、花相阻，又有己之迷乱，主客一心，留意自不待言。究竟返回尘世否？结尾意味深长。

◎本作虽短小，却起伏变幻，极有味道。

◎又◎

月转乌啼，画堂宫徵生离恨。
美人愁闷，不管罗衣褪。
清泪斑斑，挥断柔肠寸。
嗔人问，背灯偷揾，拭尽残妆粉。

评点——

◎“罗衣褪”，即“相去日已远，衣带日已缓”之意。
◎表面上嗔人相问，其实背灯偷偷揾泪，今日残妆已拭尽，已是死心之意，明日是否又以新妆相待？结尾细节耐人寻味。

◎ 品令二首 ◎

幸自得。一分索强，教人难吃。
好好地、恶了十来日，恰而今、较些不？
须管啜持教笑，又也何须肐织？
衠倚赖、脸儿得人惜，放软顽、道不得。

评点 —

◎本作写恋人争吵后又重归于好，男子对女子半是嗔怪，半是哄劝。纯是北宋方言口语，难言其妙。

灯笼草 · 草鹀

王瓜·松鹀

◎又◎

掉又惧。天然个品格，于中压一。
帘儿下、时把鞋儿踢，语低低、笑咭咭。
每每秦楼相见，见了无门怜惜。
人前强、不欲相沾识，把不定、脸儿赤。

评点 —

◎本作写少年之情窦初开，羞怯暗恋。上阕写情迷，下阕写犹豫，爱慕而又胆怯，终是难有作为。

◎“掉又惧”，迷恋而又畏缩，此三字便是全篇主题。

◎“帘儿下、时把鞋儿踢”，显见得，关注已久又难以搭话，此一细节便将少年之沉迷与胆怯全部写出。

◎南歌子◎

玉漏迢迢尽，银潢淡淡横。
梦回宿酒未全醒，已被邻鸡催起怕天明。
臂上妆犹在，襟间泪尚盈。
水边灯火渐人行，天外一钩残月带三星。

评点 —

◎上阕身在温柔乡，恍惚回神，便由天外写至此身；下阕身在回程路，悠然出神，便由此身写回天边。章法井然。

◎“天外一钩残月带三星”，扣“心”字。游戏笔墨，情景双关，亦是别出心裁。其他如“梦回宿酒未全醒”等句，未免草率，显系急就而成。

◎又◎

愁鬓香云坠，娇眸水玉裁。
月屏风幌为谁开？天外不知音耗百般猜。
玉露沾庭砌，金风动琯灰。
相看有似梦初回，只恐又抛人去几时来。

评点——

◎“玉露沾庭砌，金凤动琯灰。”既表明秋至天凉，又暗示时时相盼。写得细。

◎等待中固然愁苦，相见后复又担心，此心何曾有一刻安宁？旁人都道“相见如梦”，此人偏说“相看有似梦初回”，未曾见时，反而一切如梦，恍恍惚惚，可知此心之苦。

槭树·白颊山雀

◎又◎

香墨弯弯画，燕脂淡淡匀。
揉蓝衫子杏黄裙，独倚玉阑无语点檀唇。
人去空流水，花飞半掩门。
乱山何处觅行云？又是一钩新月照黄昏。

评点 —

◎上阕全写外表，甚为平淡，下阕转写内心，突然灵动。一静一动之间，见得一位女子，看似木讷，心思却澎湃。

◎向乱山处寻觅行云，云未觅得，却眼见一钩新月。以行云之空间感，牵来新月之时间感，前后勾连得妙。

◎临江仙◎

千里潇湘挼蓝浦，兰桡昔日曾经。
月高风定露华清。
微波澄不动，冷浸一天星。
独倚危樯情悄悄，遥闻妃瑟泠泠。
新声含尽古今情。
曲终人不见，江上数峰青。

评点 —

◎又过潇湘，追忆往事，感慨今朝，便有此作。上阕写重经故地，江天寥廓，独我不知何处去，故有“冷浸一天星”之寒意；下阕写遥闻妃瑟，似遇知音，此情稍有慰藉，虽有“曲中人不见”之惘然，亦有“江上数峰青”之矫健。
◎其余诸句泛泛，如“新声含尽古今情”，词句俗滑，“兰桡昔日曾经”，语义重复。显是急就而成。
◎钱起《省试湘灵鼓瑟》：“曲终人不见，江上数峰青。”宋人引此句作词甚多，苏轼亦有《江神子》：“人不见，数峰青。”

牵牛花 · 红颊鸟

◎ 又 ◎

髻子偎人娇不整，眼儿失睡微重。
寻思模样早心忪。
断肠携手，何事太匆匆。
不忍残红犹在臂，翻疑梦里相逢。
遥怜南埭上孤篷。
夕阳流水，红满泪痕中。

评点 —

◎上阕写分别前之憔悴，“眼儿失睡微重”，离人尚在，工笔写实；下阕写分别后之伤悲，“红满泪痕”，离人已远，放笔写意。只用一双眼，便能写出如许变化。

◎“翻疑梦里相逢”，化自戴叔伦“还作江南会，翻疑梦里逢”。前后无铺垫，略嫌凑泊。

◎“夕阳流水，红满泪痕中。”夕阳、流水，皆为无可挽回之象；泪眼之红，暮色之红，情景相叠，虚实难辨。结尾写得甚悲。

南五味子 · 太平鸟

柿·绣眼

◎ 好事近 ◎

春路雨添花，花动一山春色。
行到小溪深处，有黄鹂千百。
飞云当面化龙蛇，夭矫转空碧。
醉卧古藤阴下，了不知南北。

注 —

《冷斋夜话》：秦少游在处州，梦中作长短句曰：“山路雨添花……”后南迁久之，北归，逗留于藤州，遂终于瘴江之上光华亭，时方醉起，以玉盂汲泉欲饮，笑视之而化。

评点 —

◎“春路雨添花，花动一山春色。”用一“添”字，仿佛春路更多情致；用一“动”字，似乎山色又生新意。雨淋花落，山景更易，本是寻常景致，少游一写，春、花相生，便见其妙。

◎飞云化为龙蛇，复又转瞬消逝，已是奇景，更奇则是诗人醉卧古藤阴下，坐忘无觉，有万古如一之浑然。变幻诡谲，境界高妙，了非凡笔。

◎“古藤”暗扣藤州，“了不知南北”暗扣仙逝。上阕尚属凡人妙笔，下阕忽成仙鬼之语，梦中诗谶，令人惊叹。

少游词

补遗◎冬之部

夕露沾芳草，斜阳带远村。
几声残角起谯门，撩乱栖鸦飞舞弄黄昏。

P.152~P.203

◎捣练子◎

心耿耿，泪双双，
皎月清风冷透窗。
人去秋来宫漏永，夜深无语对银釭。

评点 —

◎皎月清风，本是上好景致，却使此窗冷透，见得寂寞如许。
◎“皎月清风”，一作“斜月斜风”，别是一番滋味。

桃叶卫矛·交喙

芦·长春花·大苇莺

◎行香子◎

树绕村庄，水满陂塘。
倚东风、豪兴徜徉。
小园几许，收尽春光。
有桃花红，李花白，菜花黄。

远远苔墙，隐隐茅堂。
飏青旗、流水桥旁。
偶然乘兴，步过东冈。
正莺儿啼，燕儿舞，蝶儿忙。

评点——◎正是春浓之时，春色最浓盛，春花最繁密，『桃花红，李花白，菜花黄』，三生万物，只三种花并开在眼前，便似千朵万朵，尽显春色，使人目不暇接，果然担得起『小园几许，收尽春光』之评。◎仅仅九字，简洁明快，却展开多重画卷。此种妙处为词之语言所独有，诗句则难以表达。◎朱敦儒有『梅花过，梨花谢，柳花新』，王诜有『蓼花明，菱花冷，藕花凉』，不免有凑泊之意，终是稍逊一筹；苏轼有『酒花白，眼花乱，烛花红』，颇有新意，却稍嫌不够自然。◎『莺儿啼，燕儿舞，蝶儿忙』亦有其妙：莺啼、燕舞、蝶忙，恰如其职，若写莺忙、燕啼，则不成样子；且桃李盛开对应莺啼燕舞，菜花绽放对应蝴蝶奔忙，亦有相对之趣。◎上阕『豪兴徜徉』，下阕却写『偶然乘兴』，两处抵牾，是败笔。◎玩味其意，当是闲游至青旗酒家，小憩片刻，再『偶然乘兴』而过东冈。诗意并非不通，然而『偶然乘兴』四字接承不足，又遥遥与上阕『豪兴』相抵，终不是好句法。

◎ 如梦令 ◎

门外绿荫千顷，两两黄鹂相应。
睡起不胜情，行到碧梧金井。
人静，人静，风弄一枝花影。

评点 —

◎门外绿荫千顷，更显门内清幽；两两黄鹂相应，更显此处静谧。起首由彼衬此，内外清晰，写得爽利。
◎人静，风却抚弄花影，正是心动微微之处。
◎“不胜情”三字，为全篇主旨。闲情如画。

◎又◎

莺嘴啄花红溜，燕尾点波绿皱。
指冷玉笙寒，吹彻小梅春透。
依旧，依旧，人与绿杨俱瘦。

评点——

◎“莺嘴啄花红溜，燕尾点波绿皱。”“红溜”则鲜嫩欲滴，“绿皱”则春波如绸。写得鲜明巧艳。

◎“指冷玉笙寒，吹彻小梅春透。”化用自李煜“小楼吹彻夜笙寒”。然而“指冷玉笙寒”，非是寒意，而是吹笙人品格清寒，“吹彻小梅春透”，犹如春风化雨，别有一番新意。

◎春意盎然，杨柳依然清瘦，亦是孤傲语。

◎一片繁荣锦绣，偏有清癯独立之人，写得微妙。

玉瑞木 · 琉球鹟

◎生查子◎

眉黛远山长，新柳开青眼。
楼阁断霞明，罗幕春寒浅。
杯嫌玉漏迟，烛厌金刀剪。
月色忽飞来，花影和帘卷。

评点 —

◎先写眉眼之艳，又写楼霞之美，如此递进，吊尽读者胃口，然后却写厌倦之深，转得惊奇，最后月色飞来，打破闷局，一波三折，结得有味。

◎“杯嫌玉漏迟，烛厌金刀剪。”心嫌，杯亦嫌，人厌，烛亦厌。无处不嫌，无处不厌，其实是把酒难眠，秉烛难耐，却写得移情而共情，妙笔。

◎“月色忽飞来，花影和帘卷。”风起云散，故此月色飞来，花影移，帘帏卷。风似抚慰，偏不明写，见得此人怔怔出神，未觉风起，妙笔。

◎杯嫌、烛厌，已成困顿之局，此时飞来月色、花影、卷帘，脉脉有情，不知心事稍平否？意犹未尽，引人遐思。

冬菊・紫金牛・鷦鷯

◎木兰花慢◎

过秦淮旷望，迥萧洒，绝纤尘。
爱清景风蛩，吟鞭醉帽，时度疏林。
秋来政情味淡，更一重烟水一重云。
千古行人旧恨，尽应分付今人。

渔村。望断衡门。芦荻浦，雁先闻。
对触目凄凉，红凋岸蓼，翠减汀。
凭高正千嶂黯，便无情到此也销魂。
江月知人念远，上楼来照黄昏。

评点——◎上阕写行路悠悠，一身逍遥；下阕写晚驻渔村，极目抒怀。无论烟云、江月，俱都多情可邀，清绝可爱，写得旷达。『绝纤尘』三字，是本作主旨。◎『吟鞭醉帽，时度疏林。』随遇而安，随境而入，正是诗人意兴风发处。比之岑参『山风吹空林，飒飒如有人』，更知其洒脱。◎黄昏则萧瑟凄迷，无可依凭，月夜则清朗辽远，可寄清兴。『江月知人念远，上楼来照黄昏。』此月不仅解人意，更有手段，能解人愁。大妙。◎秋景本来凄凉，词中有『红凋岸蓼，翠减汀』之语，亦有疏林、千嶂暗等景象，诗人却毫不为意，乐天知命，果然有看破『一重烟水一重云』之豁达。至于『千古行人旧恨，尽应分付今人』等语，更见其豪气。

茅·小环颈鸻

◎虞美人影◎

碧纱影弄东风晓，一夜海棠开了。
枝上数声啼鸟，妆点知多少。
妒云恨雨腰肢袅，眉黛不堪重扫。
薄幸不来春老，羞带宜男草。

评点——

◎上阕由碧纱窗写起，一院景致尽入眼帘，海棠、啼鸟，有声有色；下阕转写人物，心怀嗔怨，又只好自言自语。景致绝佳，独有怨人，是少游一贯套路。

◎苦盼行云布雨，偏说“妒云恨雨”，再补叙“腰肢袅”三字，便深知其难耐之情。“眉黛不堪重扫”，却不得不重扫，不耐烦又无奈何。写得生动。

◎御街行◎

银烛生花如红豆。这好事、而今有。
夜阑人静曲屏深，借宝瑟、轻轻招手。
可怜一阵白风，故灭烛，教相就。
花带雨、冰肌香透。恨啼鸟、辘轳声晓。
岸柳微风吹残酒。断肠时、至今依旧。
镜中消瘦。那人知后，怕你来僝僽。

注 —

《古今词话》：秦少游在扬州，刘太尉家出姬侑觞。中有一姝，善擘箜篌。此乐既古，近时罕有其传，以为绝艺。姝又倾慕少游之才名，偏属意，少游借箜篌观之。既而主人入宅更衣，适值狂风灭烛，姝来且相亲，有仓卒之欢。且云：“今日为学士瘦了一半。”少游因作《御街行》以道一时之景曰：“银烛生花如红豆……”

评点 —

◎银烛生花，微风灭烛，此好事可谓天造地设；啼鸟惊梦，相思消磨，分别后无非彼此哀伤。上下阕合成相聚相别之事。
◎“恨啼鸟、辘轳声晓。”啼鸟尚可置之不理，一嗔了之，辘轳声则明示有人，且在近处，不可忽视。写得细。

山漆 · 赤翡翠

槭树·小椋鸟

◎阮郎归◎

春风吹雨绕残枝，落花无可飞。
小池寒绿欲生漪，雨晴还日西。
帘半卷，燕双归，讳愁无奈眉。
翻身整顿着残棋，沉吟应劫迟。

评点 —

◎“春风吹雨绕残枝”，风雨交加，避无可避，喻时事多艰。“雨晴还日西”，桑榆非晚之意，一个“还”字颇有刚劲之力，“小池寒绿欲生漪”，正是诗人坚韧处。上阕两句写窗外景，极有深意。

◎“讳愁”正是无奈之处，“翻身”却有振作之心，无论残棋还是攒眉，只需沉吟相应，不必在意缓迟。下阕两句写眼前事，沉着安稳。

茶梅·岩鹨

◎念奴娇·小孤山◎

长江滚滚，东流去，激浪飞珠溅雪。
独见一峰青崒嵂，当住中流万折。
应是天公，恐他澜倒，特向江心设。
屹然今古，舟郎指点争说。

岸边无数青山，萦回紫翠，掩映云千叠。
都让洪涛恣汹涌，却把此峰孤绝。
薄暮烟扉，高空日焕，谙历阴晴彻。
行人过此，为君几度击楫。

评点——◎上阕写屹立之形，下阕写孤绝之心，两相呼应，内外丰满。◎舟郎仅见此峰之形，故此『指点争说』，人云亦云而已；诗人尽知此峰之心，不免『几度击楫』，正是知音相见。正所谓『我见青山多妩媚，料青山见我应如是』。明写孤峰，实写自己。知己红尘一遇，使人心折。◎无数青山孤绝，无数洪涛汹涌，此峰却说：『应是天公，恐他澜倒，特向江心设。』有此乐观之心，所以能『屹然今古』。

◎ 画堂春 ◎

东风吹柳日初长，雨馀芳草斜阳。
杏花零落燕泥香，睡损红妆。
宝篆烟消龙凤，画屏云锁潇湘。
夜寒微透薄罗裳，无限思量。

评点 —

◎上阕写景，日长贪睡，斜阳杏花，一切似乎寻常无事；下阕写情，龙凤潇湘，薄衾暮寒，诸般委屈涌上心头。

◎“宝篆烟消龙凤，画屏云锁潇湘。”平日里，龙凤之约、潇湘之想，似乎可在闲居中淡忘，只是一到傍晚，“夜寒微透薄罗裳”，便顿生悲凉之情，“无限思量”，万难消除。

老松·地锦·啄木鸟

◎ 海棠春 ◎

晓莺窗外啼声巧，睡未足、把人惊觉。
翠被晓寒轻，宝篆沉烟袅。
宿醒未解宫娥报，道别院、笙歌宴早。
试问海棠花，昨夜开多少？

评点 —

◎夜夜笙歌，忽一日被晓莺啼醒，有所触动，不问别院之欢宴，偏问昨夜之海棠。此时之诗意，恰似迷途望路。

◎“把人惊觉”即含“睡未足”之意，稍嫌冗余。

◎忆秦娥◎

暮云碧，佳人不见愁如织。
愁如织。两行征雁，数声羌笛。
锦书难寄西飞翼，无言只是空相忆。
空相忆。纱窗月淡，影双人只。

评点——

◎全作即江淹“日暮碧云合，佳人殊未来”之意。

◎月影、烛影，合为双影，人却孤身，故此伤神。

◎忆秦娥·灞桥雪◎

诗曰：

驴背吟诗清到骨，人间别是闲勋业。

云台烟阁久销沉，千载人图灞桥雪。

词曰：

灞桥雪，茫茫万径人踪灭。

人踪灭。此时方见，乾坤空阔。

骑驴老子真奇绝，肩山吟耸清寒冽。

清寒冽。只缘不禁，梅花撩拨。

评点——◎灞桥雪，茫茫万径，献出乾坤空阔，唤出骑驴老子，堪为妙景。◎『灞桥雪，茫茫万径人踪灭』，化用自柳宗元『千山鸟飞绝，万径人踪灭』之句，其实却用他『孤舟蓑笠翁，独钓寒江雪』之意象，与灞桥驴合为一处，更添几分清傲。◎骑驴老子清寒无比，却禁不住梅花撩拨，入世则傲气，出世则率性，当真可爱。

樱树·鹟

◎忆秦娥·曲江花◎

诗曰：

帝城东畔富韶华，满路飘香烂彩霞。

多少风流年少客，马蹄踏遍曲江花。

词曰：

曲江花，宜春十里锦云遮。

锦云遮。水边院落，山上人家。

茸茸细草承香车，金鞍玉勒争年华。

争年华。酒楼青旆，歌板红牙。

评点——◎曲江花，宜春十里，锦云相遮，有酒楼歌板之繁华，有金玉少年之风流，恰似韶华芳菲，堪为妙景。◎『马蹄踏遍曲江花』，诗意出自孟郊『春风得意马蹄疾，一日看尽长安花』。『看尽』仅是一时得意，『踏遍』才是风流年少。◎『水边院落，山上人家』，悄然点缀，是曲江花；『金鞍玉勒』，俨然此地主人，是曲江之花。

萝卜 · 大花鹨

橘子 · 短尾莺

◎忆秦娥·庚楼月◎

诗曰：

碧天如水纤云灭，可是高人清兴发。
徙倚危栏有所思，江头一片庚楼月。

词曰：

庚楼月，水天涵映秋澄彻。
秋澄彻。凉风清露，瑶台银阙。
桂花香满蟾蜍窟，胡床兴发霏谈雪。
霏谈雪。谁家凤管，夜深吹彻？

评点——◎庚楼月，高人清兴发，凭栏有所思，此时碧天如水，凤管吹彻，恰有月光一片，照人心扉，堪为妙景。◎『碧天如水纤云灭』，承自韩愈『纤云四卷天无河，清风吹空月舒波』诗意。又似张若虚『江天一色无纤尘，皎皎空中孤月轮』。唯此『澄彻』之境，楼上仅一人，天上仅一月，方显知己相照。◎『徙倚危阑有所思，江头一片庚楼月。』此月不在天上，却在江头，荡漾无声，摇曳有情。

南天竹·棕耳鹎

◎忆秦娥·楚台风◎

词曰：

楚台风，萧萧瑟瑟穿帘栊。
穿帘栊。沧江浩渺，绮阁玲珑。
飘飘彩笔摇长虹，泠泠仙籁鸣虚空。
鸣虚空。一阑修竹，几壑疏松。

诗曰：

谁将彩笔弄雌雄？长日君王在渚宫。
一段潇湘凉意思，至今都入楚台风。

评点——◎楚台风，飘飘泠泠，虚空而鸣，怡然自得，唤起一阑修竹，几壑疏松，堪为妙景。◎彩笔雌雄之美，君王渚宫之长，皆不如楚台风自如、恒久。◎『一阑修竹，几壑疏松』，便是此风神韵。

◎菩萨蛮◎

金风簌簌惊黄叶，高楼影转银蟾匝。

梦断绣帘垂，月明乌鹊飞。

新愁知几许？欲似柳千缕。

雁已不堪闻，砧声何处村？

评点——

◎首句写秋景令人心惊，次句写伤心闭门，三句写新愁难尽，末句写秋声不绝于耳。环环相扣，欲逃无处。

◎“梦断绣帘垂”，看似躲进小楼，有绣帘相护，其实“月明乌鹊飞”，心中慌乱，逃无可逃。语出曹操“月明星稀，乌鹊南飞，绕树三匝，何枝可依？”

◎心中烦愁如垂柳般凌乱，雁声砧声又一齐袭来，一内一外，下阕写交困之苦态，简直焦头烂额。

水柳 · 白鹡鸰

榧·八哥

◎金明池◎

琼苑金池，青门紫陌，似雪杨花满路。云日淡、天低昼永，过三点两点细雨。好花枝、半出墙头，似怅望、芳草王孙何处。更水绕人家，桥当门巷，燕燕莺莺飞舞。

怎得东君长为主？把绿鬓朱颜，一时留住。佳人唱、金衣莫惜，才子倒、玉山休诉。况春来、倍觉伤心，念故国情多，新年愁苦。纵宝马嘶风，红尘拂面，也则寻芳归去。

评点——◎本来恬淡好天气，正合闲游，只是景致愈好，愈使人伤春。『怎得东君长为主？』便是本作主旨，亦是永恒话题。

◎『云日淡、天低昼永，过三点两点细雨。』便是最好时节，自有闲适雍容之态，远胜过『琼苑金池，青门紫陌』。

◎上阕『芳草王孙何处』，已经一次蓄力，下阕『把绿鬓朱颜，一时留住』，二次蓄力，至春来伤心，至故国愁苦，转至结句，『也则寻芳归去』，一泄如注，决绝有力。

◎夜游宫◎

何事东君又去？空满院、落花飞絮。
巧燕呢喃向人语。何曾解、说伊家、些子苦？
况是伤心绪。念个人、久成暌阻。
一觉相思梦回处。连宵雨、更那堪、闻杜宇。

评点——

◎春逝、落花、燕语，无人合我心意，上阕写心外之苦；伤心、相思、空梦，此心无可寄托，下阕写心内之苦。

菰 · 䴙䴘

◎一斛珠·秋闺◎

碧云寥廓，倚阑怅望情离索。
悲秋自觉罗衣薄。晓镜空悬，懒把青丝掠。
江山满眼今非昨，纷纷木叶风中落。
别巢燕子辞帘幕。有意东君，故把红丝缚。

评点——

◎重重伤感，层层悲秋，此时偏以红丝系燕足，以待来年，存一分盼春之念。如芽生冻土，结语颇有新意。

◎上阕以青丝代悲秋之身，下阕以红丝喻盼春之心。两相对应，趣中有深意。

◎“江山满眼今非昨，纷纷木叶风中落。”语虽萧索，却有无限气概，至此精神一振。

杨桐 · 关东长尾鸟

枇杷花·蓝鸲

◎青门饮◎

风起云间，雁横天末，严城画角，梅花三奏。塞草西风，冻云笼月，窗外晓寒轻透。人去香犹在，孤衾长闲馀绣。恨与宵长，一夜薰炉，添尽香兽。

前事空劳回首。虽梦断春归，相思依旧。湘瑟声沉，庾梅信断，谁念画眉人瘦。一句难忘处，怎忍辜、耳边轻咒。任人攀折，可怜又学，章台杨柳。

评点——◎「人去香犹在」，却不过是「前事空劳回首」。此一语可道尽本作主旨。◎「一句难忘」「章台杨柳」之句，纯是恋人赌气之语，格调非高。

◎鹧鸪天◎

枝上流莺和泪闻，新啼痕间旧啼痕。
一春鱼鸟无消息，千里关山劳梦魂。
无一语，对芳尊，安排肠断到黄昏。
甫能炙得灯儿了，雨打梨花深闭门。

评点 —

◎首句写晨莺惹泪，次句写回忆梦境，三句写饮酒终日，末句写长夜苦挨。四句合为整日整夜之长相思。

◎“安排肠断到黄昏”，肠断竟可安排，看似难解，其实合理，牢骚中尽是无可奈何，奇语。

◎“雨打梨花”为满地狼藉之象，女子哭泣亦可称“梨花一枝春带雨”，结句一语双关，又与篇首“和泪闻”相扣，颇有意趣。语出戴叔伦“梨花春雨掩重门”。

鸡儿肠 · 翠鸟

◎醉乡春◎

唤起一声人悄，衾冷梦寒窗晓。

瘴雨过，海棠晴，春色又添多少。

社瓮酿成微笑，半缺椰瓢共舀。

觉倾倒，急投床，醉乡广大人间小。

注 —

《冷斋夜话》：少游在黄州，饮于海桥，桥南北多海棠，有老书生家于海棠丛间，少游醉宿于此，明日题其柱云："唤起一声人悄……"东坡爱其句，恨不得其腔，当有知者。

评点 —

◎悄声唤起，原来是社邻送醉，自是舒心之事。原本衾冷梦寒，醒后有春意相待，又有醉乡相邀，步步登高，事事欢悦，真是无限快意。本作写得爽利。

◎"醉乡广大人间小"，既然如此，何不入醉乡？此时不舍人间，更待何时？真有醉汉之大气概，妙笔。

◎南歌子◎

霭霭凝春态，溶溶媚晓光。
何期容易下巫阳，只恐使君前世是襄王。
暂为清歌驻，还因暮雨忙。
瞥然归去断人肠，空使兰台公子赋高唐。

评点 —

◎调笑之作。前有碧桃，后有朝云，少游之肠何其易断也。

橐吾·草鹀

◎ 又 ◎

夕露沾芳草，斜阳带远村。
几声残角起谯门，撩乱栖鸦飞舞弄黄昏。
天共高城远，香馀绣被温。
客程常是可销魂，乍向心头横着个人人。

评点 —

◎上阕写远处苍凉，下阕写心中销魂。两相对比，更显珍贵，逆旅中相思之作。
◎全作词句与《满庭芳》（山抹微云）极相似，词风稍嫩，大约是年少时作。

千金藤·红尾鹟

◎ 又 ◎

楼迥迷云日，溪深涨晓沙。
年来憔悴费铅华，楼上一天春思浩无涯。
罗带宽腰素，真珠溜脸霞。
海棠开尽柳飞花，薄幸只知游荡不思家。

评点 —

◎女子在憔悴中竭力苦盼，男子却在春色中流连忘返。此作甚悲。

◎“年来憔悴费铅华”，一面憔悴，一面补成新妆，见得此心之苦，亦是下文罗带、真珠之铺垫。

◎“海棠开尽柳飞花”，春色何其多也！一语双关。

图书在版编目（CIP）数据

少游词 / (宋) 秦观著；陈可抒评注. -- 北京：北京联合出版公司, 2021.4（2021.6重印）
ISBN 978-7-5596-4741-2

Ⅰ. ①少… Ⅱ. ①秦… ②陈… Ⅲ. ①秦观（1049-1100）- 宋词 - 诗词研究 Ⅳ. ①I207.23

中国版本图书馆CIP数据核字(2020)第232950号

少游词

著　　者：(宋) 秦观
评　　注：陈可抒
出 品 人：赵红仕
责任编辑：李艳芬
封面设计：吉冈雄太郎

北京联合出版公司出版
（北京市西城区德外大街 83 号楼 9 层　100088）
北京时代华语国际传媒股份有限公司发行
北京中科印刷有限公司印刷　新华书店经销
字数45千字　787毫米×1092毫米　1/32　7印张
2021年4月第1版　2021年6月第3次印刷
ISBN 978-7-5596-4741-2
定价：42.00元